hikari series

普通快樂

鄭聿

PROJECT POEM_WINTER

目次

辦公室等活八景圖

慢性上班

幻得幻失

每日形成

小眾運輸

顯示餘額

慢性上班

週一都比較脆弱

忙碌的週一
有時看起來像週二
多活了一天
沒什麼差別

週一也像某次大醉後的
週六，茫茫然醒過來
以為不用上班
以為他還愛你

惡性循環的週一
遇到捷運停駛
每個人都跳下去了

不缺你一個

帶著沒有文字的心事
搭辦公大樓的電梯
回想上週二難得放晴
週三做了什麼
週四各自勉與強
週五颱風跟週末兩天剛好連假
連成一線

週一也在那條線上
但是打過一個死結

開會

與會的人通常分成
活性、尿性跟排他性
主題不是可塑性
就是可燃性
而我喜歡坐在角落
逐一綜合評比：
八分滿的杯子、六分的穿搭
還有最多三分的企劃
畢竟冷氣開得太強
失去一點水分跟自信
也是理所當然

有些人的工作內容

是小道消息
有些待辦的事項
要無條件捨去
為了經得起一再開會
我跟同事用眼神交換
彼此的抗藥性
務必讓每次抱怨
都是先發後至
在窗戶緊閉的會議室
大家的臉上密布著
濃煙四起的風景
摩擦生熱了幾小時

遲遲做不出結論
我仍躲在角落沒有發言
沒有反抗沒有夢想
但願第一個被燒掉

完全體

昨晚設定的鬧鐘快響起
我又睡得太少了
黑暗是房間的張力
睜開眼，還是盡量把水倒出去吧
窗外的光是另一種刻度
手機事先警告
本日使用自己的身體
也會高達二十個小時
即使醒著多佔了百分比
工作進度仍然落後
我的薪資入帳我的信用扣款
都是以月結算
每一天卻瞬間火化

我提及昨晚做夢了嗎？
竟一路延燒到現實
失敗的專案、失敗的關係
好像失敗無須成本那樣
可以無限複製——
知道該怎麼跟老闆交代了
下次開會就來討論如何行銷
這樣的失敗
發群組信通知全體出席
大家一起做這個夢
再追問自己為什麼在這裡
為什麼還不願意相信
這個世界即將響起

所有人強迫對時：
上班的上班，通勤的通勤
忙碌的忙碌。除了我
下定決心請假
用補眠一分一秒
舀回來，不，我要舀出去
全部清空，全部刪除
全部的全部

無業者通勤

照例是上班的日子
地下捷運的人潮
彷彿該刮未刮的鬍碴

外面的陽光那麼大
我假裝仍有一間公司跟座位
可以回去
只是剛好經常處在
外出洽公的狀態

凡是用時間累積複利的
都將定期清空
例如資源回收垃圾桶

例如進出站的人們
例如我

在月台久坐
偶爾也會起來做一點
簡單低調的事情：
搭電扶梯
或嗶卡出去廁所
只需要小額支付
便能消費自己一整天

等到中午吃什麼
我跟真正的上班族一樣

心中浮現了很多選擇
跟選擇障礙
想呼吸新鮮空氣
就走上最近的出口
踩在平地
像是踩在以前公司的頂樓
往下看：
透光的大袋黃昏
打包著城市裡的人事物
明天重複利用

該刮未刮的鬍碴
是下班的捷運人潮

在我臉上散開
有一雙眼睛注視著我
而我始終沒有察覺

施工作業

以下是我的猜想：
裝修的房子。對面那棟二樓。
或是三樓。通常在下午。
把一切打掉。空蕩的。
粉塵的。水泥的。
一個人。

他突然跟另一邊的朋友
大聲抱怨
音量長達好幾公里
可是每一個字詞的意思
都走不到那麼遠

他是誰。在工作嗎。
到底是哪一樓。
開頭老說沒什麼事啦
卻停不下來

日常通話
用一種急著解釋的語速
就顯得異常要緊

我的直覺忽遠忽近
試圖挖空真正的位置
而我的聽覺
灌漿似的
他正漸漸凝固

但摻了過多的水分

後來輾轉得知：
沒有裝修的房子。沒有通話。
沒有另一邊。沒有朋友。
他只是剛好在那裡。
又不在那裡。

像火車中間的
一節車廂
少年的他與老去的他
不知哪個才是車頭

待轉區

根據學者研究，走進展場的大眾
通常都有右轉傾向

參觀的動線必須事先規劃
例如愛情打通了工作
有人會導覽你要不要結婚同步買房
順便生一兩個：
電扶梯往上，安分的站在右側
讓左側的人快速通行

你喜歡在哪一邊呢？
睡前用右腦的精神力控制
不要超過那一條中線

失眠順時針起床
上班機械齒輪下班
說服自己世界也是這樣轉動
再把多餘的情緒跟體重
均攤給每一天

那是一種什麼感覺？
小心翼翼
或搖搖晃晃，難以維持固定的姿勢
想慢慢停到擁擠路口的那一格
待轉區：在這張平面圖上
虛構一棟建物
所有房間開了對外窗

風混合雨是牆壁，塵囂當作電流
採光的日子夠久
就會硬化成一根根梁柱
支撐著你

所謂的好格局是不是
車子從哪一邊撞過來
都沒有關係
落日黃燈，浮雲減速
多數的人卻像是催了油門
一股廢氣
在城市的裡外亂竄

這應該是你最後一次的
兩段式。不再打方向燈告知
如果想停留在原地
無須擔心
鳥會看顧你、監視器將找到你

幻得幻失

喜歡

喜歡但有時不說喜歡
卻說要解決家裡
螞蟻太多的問題

了解牠們的習性
了解從何而來
如果知道蟻窩在哪裡
就知道為什麼喜歡

（是嗎）

用食指逐一試探
置多數於死地

留下最後一隻
證明至今仍存在
聞聞指尖上的味道
混合了醋與死亡
那麼強烈刺鼻
且不穩定

（還喜歡嗎）

放點碎餅乾
讓僅存的那隻螞蟻
吃最後一餐

像是星辰那樣
為萬物生靈引路

迷航的人類
也是走到生命盡頭
回顧洪荒情史才明白當初
喜不喜歡

重疊

多年之後我仍記得
每次與你的對話
渺如繁星
百密一疏

未來會在哪裡
億萬顆之中
僅僅少數被命名
容易憂心的你
輕輕哼起歌
我說太吵太晚了
也提及這些的那些
有些的某些

且翻身過去
讓彼此的陰影重疊

重疊的生活
又要怎麼分開呢
像分開感性的理性
夜裡的永晝
命運的機會
你的善感
我的惡兆
而幾幾乎以為

如果我感受得更多

就能讓你的感受減少

天氣紀錄

不知為何你我的話題
經常圍繞在雨
例如今晚又濕又冷
而回想起這座城市的某個月
怎麼只有六天放晴
是不是太習慣打開除濕機
就像打開電燈一樣
以為黑暗會消失

討論雨
其實是討論阻礙
工作往返不方便
出門吃飯有點麻煩

計畫旅行從這一刻
到目的地
如果愛與爭吵同時累積雨量
大概不容易抵達

一起撐過晴雨兩用傘
努力避開風避開險
說好的，乾濕也不分離
可是討論雨往往還包括
討論備案
就算移動到室內
天氣預報沒有紀錄的災損
一定會在某處發生

外面的雨有沒有可能
也越來越大聲在討論我們
說屋子裡的兩人
一個是阻礙
剩下那個
不知為何成了備案
外面的雨滲進地板
一層淹上來一層
以為會被大浪帶走的
我還在原地
你還在原地

懷疑

懷疑的時候
小貓嘗試跳過去
桌椅，床，九月
與明年的此刻

不懷疑的時候
窩在棉被裡
睡一小時驚醒
又睡了半小時

懷疑你的那天
貓緩步走來
恍恍惚惚盯著我

彷彿後面有
彷彿沒有

我盯著你
像貓陰陰看向窗外
這個城市逐漸湧起
雲的一絲絲睡意
雨勢如千鳥下墜

如千鳥下墜
如貓毛掉落
我盯著小貓

沒有多想什麼
他卻撲過來

行事曆

感覺又失去了力氣
在手機行事曆，新增一個任務
命名為「加油！」
設定幾分鐘之後提醒

日子往前滑
其中一格寫著「充電」
另一格是「到期日」
忘了什麼事情
最終有沒有完成

繼續往前：
超商取貨、下班運動、剪髮跟繳費

一個人生活不就是把每件小事
全部鎖在一起
再使盡方法打開

螢幕變得有些暗
大概是與過去的自己
共享電力的關係

還有什麼是沒經歷過
也沒期待過的？

似乎明白該如何進行了
預約一趟旅程
在不太冷的天氣

尚未決定地點
標題先打上「終於到達」

會記得嗎、做得到吧
不知為何遲疑了好久
正打算按下儲存
「加油！」跟一筆扣款
同時跳出了通知

盆器

通常在固定的日期
但有些不是
可以想像那是一個盆器
被放在不同的位置

光照充足的午後
南北空氣流通
我照例
打了電話回家
可以想像有一場雨下在那裡
卻是我這裡得到滋潤
抓土深根

沒什麼交集
不過多聊了幾句
偶爾颱風
難免生病
以及隨工作變動而來的
無意有感地震
彼此早就習慣把天災人禍
混著問候過一遍
尷尬的沉默
一滴兩滴
漸漸暈散的對話
原來我也到了會淋濕的年紀

一年之中
我仍需要一個非常實用
兼顧美觀的盆器
可以想像那是開在五月的
滿山的花
被眾神當作花盆

搜尋的結果

在網路上搜尋如何走出來
找到：時間是良藥、求生的意志
今日的你一定比昨日更好
搜尋春天什麼時候開始
有人反問，怎樣才算是春天？

還有無數的困惑
你經常放在空白欄位
按下確認——
巨大的神木被狂風吹過
億萬片葉子觸及了雲端的運算
在同一秒間齊晃動
你就在那陣風中。每幾個小時

重新整理一遍混亂的世界
你也在樹下。樹下全是落葉
是幻境：
如果只有一道門
為什麼要打開千百次？

為什麼害怕引起山崩
卻不斷丟出石頭？
你翻閱歷史紀錄，輸入自己的名字
找到以前居住的城市與地景
相同的那個人
但更年輕，更無畏
做過一些至今想來可能

後悔的事。你搜尋後悔：
點了連結竟是重生：
發現自己願意待在同一個月台
搭不同時刻的列車啟程

劈開了樹，從中長出新株
還是原本的那棵嗎？

你搜尋變化：
在詞典裡找到規則，又在規則裡
找到例外。風有時停了
內心的葉子仍晃動著
你以為持續搜尋是一種修復
部分毀損的遺失的

一筆一畫在這個框裡
重現與更新──
其他不相符的，此時系統建議
檢查有無錯別字
試以較籠統的關鍵詞
擴大範圍，進階搜尋＊：

注：
1 先自訂日期。
2 還在前一步驟也沒關係，不一定要走上階梯。
3 想像身在無垠草原。記憶之山。鏡面湖泊。把自己一顆一顆丟進水中。
4 漣漪般的宇宙正在擴散；別的宇宙在接收。
5 不知是誰按下確認。你被傳送出去。

每日形成

同步

外帶晚餐返家
剛好迎接
垃圾車時間
這一條窄巷
是小型朝聖的現場
回收就是資源
環保成就淨土
而來不及分類的
也往裡面丟了
無差別的密封式壓縮
即無量
願力：

以為車子會開進來
結果直接開出去

平日的下午接近傍晚

刻意休假的平日
答應自己至少要看起來
像那麼一回事：
睡到陽光全部攤開
才走出房門
倒水。餵貓。翻冰箱
陽光也曾來過
如今成為一小塊陰影
貌似在融化，但本質是冷藏
我的一整天已經沒辦法
從這邊走到那邊了嗎
趁空貼了一篇文
幾小時之後會流量暴增

卻提前影響我
曝晒在外面的風險
就是早晚的色差
回床上多睡一下是新的
還是舊的念頭呢
看見午後的光沿著線條
把我在乎之事物摺了一次
等天變得更暗
我要用漆黑再摺一次

每日飲水計畫

規定自己每天喝二千 cc
水在身體裡搖晃
透明的瓶裝
是湖泊的
千千萬萬分之一

規定自己每天觀想
水的其他型態：愛情、母親
政治的笑罵、發電與天災
以及世上所有的挫折
我喝下去之後
終將變成別的

理當冷熱交替的機遇
卻出現難以過濾的
雜質——
旁人認為我水逆
我照鏡子像水腫

喝一口是天分
再喝一口需要努力
全部混在一起
至今累積了多少
自己感受
自己吸收
有些生命經驗

反而是不加一滴水的

到府服務

預約的保養師傅按下門鈴
今天到府服務的項目
是清潔洗衣機

年輕力壯的師傅在陽台
我在隔壁房間
根據電動起子急促的聲音
猜想他很快拆開了殼
碰觸到裡面

窗外的燙金光線
是永不生鏽的輸送帶
把午睡的欲望分批包裝

配發給每戶人家
一顆小螺絲掉落
我與剛醒的貓
同時聽見了

師傅說不用擔心
已有取代的零件
汙垢將洗得非常乾淨
我相信他
就像曾經相信自己一樣
貓覺得真不可思議
髒了牠都是獨自舔掉

天色轉成節能模式
掛在高空的雲為了晾乾
逼迫水一滴一滴往下凝聚
師傅開始組裝洗衣機
而我的眼前
是早被組裝好的
櫃子跟日子。

智慧控制的東西
一定是最好的
標準洗程的東西
一定是最好的
後來我又預約了清潔冷氣

炎熱的夏天更容易脫水
容易讓那種保養
變成那種洗

挑戰連續上健身房直到

DAY 1

熱身
是最好的時光
把頭一轉嵌入四個方位
把肢體晒得更長
伸出雙手
找到新的起點
所謂的冷縮熱脹
就是肉身的延展性
或延展的性

一旦開始熱起來

光是放著
也會敗壞的

DAY2

只因為那天
做錯了幾下
一旁護著的阿羅漢
強制對我說法：
正確的姿勢
才能化業力為己力
沒有頓悟的天分

我盡量固定至此鍛鍊
金剛是身體
是從家裡走過來的這段路
無可截斷之意志
是欲望、信念
與該做的事
三合一在重訓器材

DAY3

整個時代都在跑步機上

昨日揮汗的我

凝聚今日一盤散沙的我
已經習慣不思考
也能移動
但隔壁那台
沒人也在運作

我打開耳裡的音樂
被迫加一點速度
再一點坡度
知道我在前進的節奏
知道我在哪裡的旋律
把停不下來的詛咒

當成一種燃脂模式

老師

他在街上目測一群人裡面
有五個老師跟七個學生
重疊兩者身分的
是其中三個——
這是根據外表的判斷
還是數學問題？

他也是老師。
這小鎮的第八十五個
如果兩指捏合
俯瞰的位置更高，人體縮得更小
排名變成第四百六十七個

在家上網時，他的內心深處
會同時浮現好幾位老師
搶奪短暫的話語權
——但沒有一位專長是數學

出門跟別人聊天
他隨機參雜了一點學生
單純的氣息
教學相長的特質在彼此推擠
別人看著他經常是
正在輸入的樣子
為了安全起見

大家習慣把自己鎖起來
記不住密碼的
就改成生物辨識
因此他越靠越近——
從手指到臉、從捏合到展開
即便是誤觸也像在練習

他不是數學老師
他的專長之一是遠端控制

普通的人

普通的起床
來自於前一晚
普通睡著
其實是個好容易放棄的人啊
唯有每天醒來不間斷
里長的廣播：一早會消毒噴藥
我依然無端躺著
過量的意見想表達
但關門關窗。裡外的衝突就讓它造山
讓它不限形式卻流於形式
遠方的景物要用怎樣的掛勾
才不傷牆面呢
人生的話題都複製貼上

就這麼伴隨著頭痛而想起某人
某件事
某片風景
即使打破了玻璃
仍是透明的嗎？

小眾運輸

高鐵往返

離開的時候
把天空舉起來
輕輕的
有一架飛機
標出時間的高度

大概是剛下過雨
而多加了幾磅
稍稍變重的
窗外的天色

如果距離太短
重複太少

就鍛鍊不到
那個更深的核心
白天也是這樣
每日用力
鍛鍊成黑夜

我也是這樣
南下北上
過去與更過去
來鍛鍊自己

普通快樂

北上南下

1

當年的我坐在第幾節車廂呢
進入黑黑長長的隧道
就像進入腸道
至今還是難免為了前進
而緊張
而緩慢蠕動
一種戳破薄暮的霞光
介於用力瀉出來
與正在被沖掉的
明暗之間

直到很後來我才懂得

把手伸進去
全自動形成的天上漩渦
也可以是棉花糖機器

2

上回說雲像棉花糖的人在哪
此刻的天空
沾滿他的口水
下過雨後
積塵的世界
就換了全新的燈泡
巨人呼呼高速追著電塔奔跑
在一片灰灰綠綠黃黃的平原上

踢翻房子與車輛
來了一隻更巨大的烏鴉
遮蔽住路邊的小鎮
且拍翅飛撲
想啄破車窗

想起還有件事沒完成
我離開了座位
把烏鴉趕走

普快狀態

列車逐漸傾斜
時壞的天氣時不壞
似想起什麼打開窗
邀請海風吹進來

沒有乘客讓座
小孩拉著長輩
即使昏睡與誤點
依舊是每站都停
世界就是這樣運行的
越多人下車的月台
越多人企望擠上來
世界就是這樣前進的

我未曾移動卻充滿了
不願移動的感受
且觀看天空
龐雜的破碎的雲
像正在團聚
還是已經鳥散呢

偶爾輕淺的呼吸
應和了他人的顛簸
一個念頭起伏成形
在山與海之間
有誰走來
在對號與自由之間

列車長驗票
在平等與普通之間
心中未竟之遊歷
是身旁有個人陪著晃著
餘生共振就算完成了吧
而快車與快樂的當下
依舊是每站都停
讓日常斷裂的
有機會重新接起
讓景色模糊的
足以恢復本來面目
在不需要移動
也能前進的這一刻

保持全車最清醒
陪你最後一個下車

原本的海風呢
趁接近山的時候
從另一面窗出去
成為滿山的風

世界就是這樣
我也是這樣
成為一部分的

電梯

有時卡住很久
突然震一下
又有了升降的感覺

你跟我一樣嗎
用眼過度
就可以看見那一邊的景象
彷彿被幾面鏡子包圍
充滿疊影：
情緒。直覺。現實
其餘的單純反射

如果我往上

一定是誰正在往下吧
但多數時刻
都在不同的樓層
同時按了電梯
一起仰望巨大的載體
末日的審判
倒數中
「叮」的一聲
花瓣細雨
神祕的光源
「叮」的一聲
進入不退轉的空間

我經常貼著邊緣
感受電梯外面
還有一層
像一個房間被裝在另一個
比較輕的紙箱內

震一下
仔細聽
其實是第二下

購物清單

超市的電動門打開
地上有一張不知道誰的
購物清單
照著他的生活所需
我逐個打勾：

第一項是舊的
且冰的東西
我拿起一顆常溫的蘋果
放進冷藏區
讓它更容易被買走

第二項是活的

也是昂貴的用具
我在店員與經理之間游移
他們用角落的廣角鏡
同時觀察彼此
卻沒有盯著我

剩下的，全部缺貨
架上沒有就是沒有了

真正美好的一天
清單的用途是消費
但保存方法
是要不斷核對與驗證

撿到的人都可以在上面勾選
而我做的每個決定
一律跟我無關

分流

——從凹子底站走到美術館

沒打算坐到終點的話
不妨現在下車
散步穿過此刻的陽光彼時風
每一棵樹每一棟樓
都試圖壓住自身的陰影
邊走邊飄忽的想法如野鳥
輕盈細碎
擺盪如花葉
眼見白雲緩慢結了果實
卻被池水倒映
沙坑孩童滑梯孩童
以及牽繩父母養殖父母
也有像苦楝這樣的植物

留下香氣與遮蔭
讓你偽裝成
不願繞過的人

一輛老卡車按下喇叭
明明直行
更可能急轉彎
紅燈之後是綠燈
命運之後是機會嗎
快到目的地了
新生的恐懼被剖腹在路口
猜疑尾隨至此
成為遲疑

你站在對面
擔憂即將發生的事情
不妨再多等幾秒
下個綠燈會為這壅塞的時代
帶來不同的人潮
跟動線規劃

像是準備好被畫進去那樣
你走進了美術館

永和散步路線

不是迷宮，但很像迷宮。

我寧願這樣描述現在的生活
早起散步，不管前往哪裡
都跟上班的人們逆行
那是我不小心觸發的支線任務
一邊移動一邊思索
中年轉職的陷阱：
有時左轉就是右轉。有時一直轉彎
會形成緊緊鎖住的那種圓環。

迷宮的好處是迷路有正當性
慢慢探索似乎也沒關係

時間應是我的防禦
繞一圈回來變成武器
一天中一箭，必要之耗損
迷宮的難處在於路線是重覆的
然而機關不是。

生命不是。彷彿身體起了連鎖反應
拿掉重物的上坡是下坡。
分岔口是陣法。樹的幻覺是花。
小廟是打開過的寶箱。
我的視線穿越馬路。河堤。飛進天際
那是縫合怪般的雲
正膨脹變形——

巨獸和我搏鬥、金箔高樓在崩塌
以及顛倒的顛倒之城……

突然一陣風而雲漸漸散去
我做過什麼？摸了摸口袋
想到還有一把鑰匙
我什麼都沒做。明天再來一次

顯示餘額

一天的盡頭

終於可以躺平
發現地球也不是平的

還留著一點時間
想寫詩但寫詩的念頭
只往低處流

曾奮力爬上屋頂
而屋頂為了雨
永遠傾斜

每一個地方
都是同時在漏水跟積水

尋找那一條縫隙
我要試著碰觸到水底

普通快樂

樓層配置

社區老人常待的閱報區
跟兒童閱覽室
都在一樓

二樓有飲水機跟廁所
大部分的圖書在這一層
增訂的新版與舊版
可能不會放在一起

其餘的在三樓
公用電腦。外文。期刊雜誌
故意混入的使用手冊
還有不小心連線的咳嗽

與昏睡
一整天下來
室內的詞彙量
不足一張便條紙

四樓的自修室
許多學生核對著答案
某個人想打開頭上那支風扇
卻打開了別的
外面的景色
被落日燒過滾過
流進來的時候已經降溫
我總是坐到快要閉館

才起身而服務櫃台
也在一樓

從屋頂，從窗戶
從眼睛看出去
皆是下樓的方式
在本館借閱過的人都知道：
離出口越近
就是離入口越近

大睡

拉開了窗簾
地平線快要失去彈性

公園的落葉被灼燒
火光紛飛
宛如前一晚的星雲未散去

黃昏是天上一滴水
逐漸向下暈開

無邊的黑夜再度降臨
惡念頭鼾聲大作
輕輕一碰

就翻過身去

我曾夢見哀傷
它長得很像我
醒著的樣子

普通快樂

寄貓

我想像是十二月
客廳開著暖氣
一日份的寒冷被鎖在外面
貓趴在沙發上
盯著空空的地方

曾交代過我的大睡
對他而言只是小睡片刻
接下來的生活
將有別於以往的速度
他會帶領你，以慵懶的姿態
舔手、舔身
偶爾舔地，少量多餐

這是他計算日子的方式
也可以是你的

記得經常跟他說話
即使回應是一連串似乎懂
又懶得懂的呼嚕
且大打哈欠
相處久了
總能明白的
天終究黑，光到底滅
暗中
有時就是水中
他會像一股暖流

忽然經過你身邊
但願你無條件給予他時間
他也將無條件給予你時間
總能明白的
他盯著空空的地方
彷彿我在

琥珀

——致曾珍珍老師、李永平老師

還沒下課，黃昏降臨
當時的天色像琥珀
帶著一絲絲裂痕

教室內的同學站起身
朗讀了幾段句子
那是極為平凡的一天
沒什麼敘事跟轉折
甚至找不到是哪一頁
宛若一首短詩
藏在長篇小說裡

另一日午後

圍坐於老師的研究室
討論著誰的黑暗之心
一隻小蟲飛來
困在學生的意識間
照進了萬縷陽光而老師
善意的提示：
從中抽出任何一條
都可以叫做線索

眼見地上的足跡
逐年增加了
謎題一再出現
天上的雲快速移動

我仍不明白其方向
不明白其意義

而且晚歸。
返家沿途的路燈
像琥珀那樣溫和
那樣圓潤發亮
是再多的小蟲圍繞著
也飛不進燈裡的

顯示餘額

幾分之幾

曾想過懸著
想過燃燒
或燒及別人
又打消了念頭
做一些霧氣的事情
無論在外面迷路多久
都要從裡面擦掉
也期待清澈的明天
來映照自己
但明天
是摔碎的今天
的幾分之幾
——現在你大概知道了

夜空之下
我為了對齊上面
分裂出更多的人格
——現在你一定知道了
一個完好的答案
全是拼湊而來

延長

偶爾我的一天
可以活成一整個月
流水，細雨，影子
候鳥多繞了幾圈
還有植物的徒長
不受光眷顧的那些
都跟什麼偷了一點啊
桌椅全部靠右
人坐在更右的懸崖之日
音量置中
唯獨我聽見
唯獨我感受到
又被悄悄延長了

像是另一端有人
放出多餘的
我幫他收著

後記——凍結注意

詩集交稿後，我做了兩件事。

先是旅行。去了廣島、島根，走訪和平紀念資料館與宮島——比起嚴島神社的海上鳥居，我更喜歡大聖院的遍照窟。以及這趟出遊重點之出雲大社，傳說是八百萬神登陸的稻佐之濱，守護夜間日本的日御碕神社等。

途中，得知谷川俊太郎過世。消息被媒體傳出來的那天，是十一月十九號，我跟鹿正前往松江市的小泉八雲紀念館。經過宍道湖，在車上看了一眼湖中的嫁島，周圍被陽光鋪滿了金黃絨毯，似乎直接走過去也沒問題。打算傍晚再回頭欣賞，畢竟這裡的夕照最出名。下個景點是鳥取縣的境港，那是鬼太郎的作者水木茂成長之鄉，從車站起步，有一條將近兩百尊妖怪銅像的大道，沿路兩旁有多少妖怪，我就拍了多少張。不料耽誤了回程，嫁島已是漆黑一片，我帶著遺憾回到飯店。

谷川俊太郎實際過世的日子，是十一月十三號。我在吳市的海事歷史科學館。吳市是日本海軍據點跟鋼鐵造船重鎮，大和號也是在此建造。同一個館內，還有山崎貴導演的特展。

小泉八雲，水木茂，山崎貴，谷川俊太郎，這幾個編入維基的名字，前三者算是我事先安排的行程，理當會遇見，但谷川俊太郎不是。前三者的作品也跟靈異妖怪相關，而谷川俊太郎沒有——旅行的時候，容易胡思亂想，總覺得這些積累了豐厚生命經歷的創作者，充滿機緣似的會合於我的眼前，一定有什麼共通性，能以一貫之，把我跟他們串在一起。一邊搜尋他們有無雷同的背景特質，一邊興起莫名衝動，急切想多讀谷川俊太郎的詩，可惜手邊沒書。歸國後，我立刻翻找家中的《二十億光年的孤獨》，又網購了兩大本田原編譯的詩人全集。

沒想過會在這樣的情景下重啟谷川俊太郎，有些詩早讀過好幾遍，更多的是我第一次接觸，卻感到內建般的熟悉，例如〈早晨的接力〉：「我們把早晨一棒一棒傳下去／從經度到另一個經度／然後交替守護地球／如果在臨睡前側耳傾聽／遠處有鬧鐘響起／那是你傳遞的早晨／有人確實收到的證據」，竟跟我詩集裡的〈完全體〉產生奇妙關聯，當下有一種看見嫁島在光輝中隱隱約約浮現的感覺。

第二件事，是打開雲端硬碟，新增一個資料夾，命名為第四本詩集。

原本中年離職只是想把時間多花在自己身上，

並且專注寫點東西，卻不斷被自我懷疑絆住，進進退退思考人生的意義、快樂的意義，甚至在任何事情上都強迫要賦予意義。以前的卡關，由於無人催促，離詩漸遠也不會有進度壓力。但這次寫起來不太一樣，就連卡關的覺知也不太一樣，彷彿從一條黑暗的隧道，走到另一條黑暗且漫長的隧道。時間感突然很顯著。

可是寫到一半，四周又變得透明，宛如海底隧道。海中生物暢游在深藍的世界。生活的那些瑣事就是我的海中生物，隨手一抓，全是意象；我輕輕一敲，隔絕水的玻璃出現了裂痕。一股沛然的力量淹進來。內心有個聲音說，要趕快寫完，緊接著寫下一本。密集創作至收尾階段，又有另一層體悟：修改的速度加快或緩慢琢磨，會分裂出迥異的詩，存在於各自的宇宙。

兩條線如果重疊或銜接會怎樣？據說，自落日嫁島的角度拍出去，幸運的話可以望見遠方的出雲大社。兩者筆直一線。但我去過出雲大社了，而且是神在月的時候，還參觀了一旁的歷史博物館，遙念古代本殿的模樣、周遭事物的興衰。遺憾漸漸消失。取而代之的，是擁有千百年館藏才能策展的想像力：生住滅在同一個空間發生。

離開出雲市區，留了些時間，其實足夠再繞到宍道湖看嫁島，而我臨時決定改去須佐神社，因為行前查詢官網介紹，提及《出雲國風土記》記載了須佐之男命至此地，說：「這個國家雖小，卻是個好地方，所以我會把自己的名字寫在土地上，而不是樹木跟石頭。」作為旅程最後的景點，這是個穿越古今蓄滿能量的警示，引導我應該往哪裡深根。

還有另一個警示。疾駛在日本的高速公路，見過幾次「凍結注意」的標誌，少數路段甚至夜間封閉。趨冷的季節，寒氣即將冰封一切。這本詩集就是我的凍結注意。提醒著未來之路更加寸步難行。幸好真正的低溫尚未降臨，幸好我仍有機會進入這片大地。

二〇二四・十二・一・永和

〔hikari〕002
普通快樂

作者 鄭聿
副總編輯 洪源鴻
責任編輯 董秉哲
封面設計 湯湯水水設計工作所（黃梵真）
版面構成 adj. 形容詞
行銷企劃 二十張出版

出版 二十張出版——遠足文化事業股份有限公司
發行 遠足文化事業股份有限公司（讀書共和國出版集團）
地址 新北市新店區民權路108之3號3樓
電話 02・2218・1417
傳真 02・2218・8057
客服專線 0800・221・029
信箱 akker2022@gmail.com
Facebook facebook.com/akker.fans
法律顧問 華洋法律事務所——蘇文生律師
製版 中原造像股份有限公司
印刷 中原造像股份有限公司
裝訂 中原造像股份有限公司
出版 二〇二五年一月——初版一刷
定價 三八〇元

ISBN —— 978・626・7445・81・5（平裝）、978・626・7445・76・1(ePub)、978・626・7445・77・8（PDF）

國家圖書館出版品預行編目（CIP）資料：普通快樂／鄭聿 著 —— 初版 —— 新北市：
二十張出版 —— 遠足文化事業股份有限公司發行 2025.1 178 面；13 × 18 公分
ISBN：978・626・7445・81・5（平裝） 863.51 113017208

AKKER
二十張出版

〔hikari〕